그늘의 비상

장계숙 제2시집

시인의 말

사는 일은 매 순간 마음을 선택하는 일이다.
행복과 시련은 양면의 모서리처럼 붙어 있어
서로를 흘깃거리며 끊임없이 빛과의 타협과 겸허를 가르친다.
삶의 표면조차 긁어보지 못하고
세월만 쫓아가는 것이 인생인가 보다.
오늘의 행복은 마음속에 깃든 내면의 그늘을 이해하고
빛의 성실함에 날개를 달아주는 일이다.

시인 장계숙

스마트폰으로 QR 코드를 스캔하면
시낭송을 감상할 수 있습니다

제목 : 어느 날 문득
시낭송 : 조한직

영상은 YouTube 정책 또는 운영 관리에 따라 삭제될 수도 있습니다.

시인은 자연을 이야기하고 시낭송가는 자연을 품었다
글자는 날개를 달아 언어로 날고 소리는 자연에 눕는다

* 목차 *

* 목차 *

* 목차 *

* 목차 *

그늘의 비상

쪽창 너머 무수한 발길
종일 집안으로 뛰어들고
익숙한 소란쯤 머리에 이고 산다
아프게 밟히고 밟혀도
훌쩍이며 버겁게 삼키는 숨
건물 사이로 보이는 하늘
이따금 바다가 되고
항시 그 끝을 가보고 싶다
한 줌 햇살 겨누는 땅속 어둠의 상처는
미치도록 일렁이는 지상으로의 오름
따스한 그늘 찾아 더딘 푸르름 던져두고
깊은 잠 속 수평선 위
갈매기 날고 있다

수렁

요란한 헛바퀴 질 소리
자폐적 질주의 비극인가
다시 봄인가 했더니 어찌 이리 검은가
기이한 꽃들 피어나 추한 풍경 가득하니
봄 밖의 봄
들판을 채운들 무엇하리
대낮 수북한 어둠
긴 밤인가 의심하고
쏟아지는 민망한 한탄뿐
향기로운 덕 없어
먼 길 어찌 갈까
무례한 죄인의 세상

빈 밭

생명의 계절이 지나가네
땀방울로 익혀낸 황금빛 들판
뜨거운 계절 다 가도록
얼싸안고 달래며 눈 맞춤 하던
인간의 숨결이 좋았네
함께 키워낸 자식들
남김없이 낚아채 가버리고
휑하니 버려진 쓸모없는 가지들
말짱 헛일이었나
이제 아무도 없구나
이제 아무도 오지 않는구나

허물벗기

슬픈 지성의 넋이여
단맛을 즐기는 비열한 심장은
성난 얼굴로 꿰뚫는 통찰을 버렸구나
상처를 지우며 견디는 우울은
가면 속에서 자라는 열대
입버릇으로 커가는 요란한 칭송은
소멸에 기여하는 생성인 것을
덜 익은 열정의 광기는
또다시 그날의 악몽을 씌운다네

문득

청춘은 먼 길 떠나고
윤기 없는 끈기만 남아
무뚝뚝한 심연이 무얼 기다리나
서툰 낭만이 끌어들인 공허
앎을 거부하는 고집이 사방에 깃들어
자기 응시에 열중인 영혼
그들로부터
그것들로부터 멀어진
무감한 삶의 집념
침묵에 어울리는 정의는 없듯
몸짓 없는 구원은 없으니
정신적 허영으로 잇는
건조한 즐거움의 끝에서

삶과 죽음

너에게로 가기 위해
희롱당한 세월
뜨겁게 범람하던 생의 불꽃은
날마다 제 몸 태워 불인 듯 물인 듯
기척 없이 떠밀려와 재가 되니
삶도 죽음도 한 몸인걸

사람의 시간이
사람의 삶이
결국 죽음으로부터 버텨내야 할 전부라면
진의를 부검하건대
위대한 힘의 빛과 열기로 태웠던
밋밋한 일상이 전율이었음을

숨은 자(covid-19)

볼 수 없는 것들이 걷기 시작할 때
침묵으로 흐르는 두려움
쫓고 쫓기는 숨바꼭질처럼
알 수 없는 갈구와 응답의 연속
질펀하던 발끝이 얼어붙고
재잘대던 소리가 뿔뿔이 흩어졌다
사람이여
숨은 자의 당당함은
인간이 만든 오만의 불씨
뿌리를 움켜쥔 목숨의 반격이다
푸르름을 빼앗은 회색의 세상
화려한 불빛엔 향기가 없고
시드는 건 오직 인간이어라
살아 흐르는 세상을 위해
스스로 길들여야 풀리는 족쇄
욕망의 죄를 벗기고 벗겨내
쓸쓸한 목숨의 핏자국을 지우고
삭여낸 마음 파랗게 필 때까지
역병보다 독한 존재의 참회여

메트로팜(농사공장)

새벽빛 신비를 잃어버리고
계절에 복종하는 순정을 버렸나
안으로 숨어들어 피는 생명이여
땡볕에 그을린 시커먼 얼굴로
끊임없이 들여다보던 땀방울의 생기
가뭄과 홍수에 목줄 걸지 않으니
힘센 농사꾼도 필요치 않으리
터를 잃어버린 문명의 진화
바람 없는 온실 화려한 조명 아래
허공에 매달린 하얀 뿌리는
흙냄새를 모르고
빛깔 고운 단맛을 뱉는다

없네

사람만 있고
사람은 없네
마음만 있고
마음은 없네
티끌이
티끌로
티끌을 좇아 태산이니
한없는 절망이네

빈 나날

모든 생각과 움직임이 공허한 날
시들어 사라지는 계절이
얼마나 아름다운가
형체를 버리고 없다는 것
깨끗한 여백의 만개
세상은 늘 고요하였으나
생각만 소란스레 일고 가라앉으니
애초 아무 일도 없었다

마음이 기다리던 시의 혀
다시 차올라 사라질 풍경처럼
기적의 도움 없이 몰락하니
세상 누구도 듣지 못할 소리
없음을 보는 눈 먼 영혼이여

고통의 허세

흐름의 이유를 따질 필요 있을까
속내를 버려야 할 일이지
스스로 무게를 품었으니
그 또한 온전히 내 것으로
촉각의 둔함을 청할 수밖에
숨은 통증의 파괴력도 순간의 현상이니
시위와도 같은 것
강함을 끌어당기는 자석이려니

오랫동안

마음이 몸을 이길 수 없는지
방안 가득 발자국이 산이 되었다
버려둔 시간에 질식할 것 같아도
마음이 몸을 찌르기 전
절대 죽지 않는다
깊숙이 뿌리내린 나무들
가끔 꾀꼬리가 날아와
청아한 노래 불러준다면
너무나 오랫동안 꽃 핀 적 없어
앙상한 가지마다 입을 닫았다

무너져 내리기

매서운 한파 몰아치니
핏빛 홍시 떨어진다
시린 바람의 시대는
잠시의 아름다움 그 후의 고통
진실을 깨뜨리는 폭력과
거만한 바람의 보복은 곧 지나가리라
불안 밑에 깔린 분노는
희생 앞에 드러낸 잔인한 실체
하여, 납작해진 정의는
다시 계절로 팽창하리라

하루 감상

햇살 지나간 텅 빈 하늘
어둠이 하나씩 떨어지고
풍경은 여전히 아름답게 도달하네
건조하고 밋밋한 하루
아무렇지 않은 듯 흔적 없이 사라지네
드넓은 풍경과 쏟아진 감정
존재의 몫으로 구축하고
삶과 죽음의 약속들이
굴곡과 함정을 견뎌낼 때
거대한 것은 오직 인간의 마음 속
태연히 하루를 삼키네

허튼짓

정의는 늘 두 쪽 나기 마련이다
관례의 문턱이 닳아 없어져도
비열한 자의 정신적 오류는
몸에 익힌 처신이 재빠르니
욕망에의 집착과 확대로
자기 최면을 멈출 수 없다
양심의 결함이 최후 광명의 독일지라도
쓰라린 독백을 모르는 부끄러움
몰지각한 똥배짱이 딱할 노릇이지
패배의 보복이 두렵지 않은가

눈 오는 날

무심히 내리는 깃털의 자유
정해진 방향 없이 스치듯 지나가고
뿌리 없이 모이다 흩어지다
허공을 걷는 기분
얼마나 그리워했던가
우연한 운명
거침없는 돌진
목줄을 허락지 않는 용기
생애 또 몇 번 널 볼 수 있을까
눈 밑이 뜨끈해지는 건
내일은 결코 당연한 게 아니야

침묵의 시

입 다문 한숨이
시가 되는 날
마음 바닥을 볼 수 있을까
글 속에 새긴 내밀한 표상
여전히 숨죽인 적막일 뿐
하늘을 바라보다
자신마저 잃어버리고
제 맘 하나 갈망하지 못하니
침묵의 시를 어찌 밝히나

무명(noname)

이름 없이 태어나
이름에 도달하기까지
거친 생각을 눕히는 지혜가
얼마나 괴로운 일인가
어리석은 고뇌를 비우지 못해
굶주린 자의 두 눈은
높고 빛나는 곳만 바라보네
꺾어진 자부심과 숨은 질투가
뻔뻔한 지지를 소망하며
그늘 속 자신을 동정하네
냉혹한 결함이 증발하길
가련한 무지의 피곤함에
견딜 수 없는 의욕
하여, 괴로움과 무능의 시를 쓰네

통과하며

마주한 터널마다
무모한 정면이 아니길
역사의 역류는 배설의 역겨움
묻어난 것들이여
찌든 열등감의 위세는
껍질에 덧붙이는 기만
오만한 행복이 오늘을 통과하네
진창이 된 영혼이 꿈을 가졌으니
내일이 악몽이네

벙어리들

미끼를 삼킨 놈
마른침이 고여도
벙긋하다 탄로 날까
짖지도 못하고
먹는 입뿐이다

낙수

지붕 끝에 매달린 것들
낙수 되어 떨어지고
움푹 고인 거품들
톡톡 터져 꺼지니
빈속이 허망하다
하얗게 걷는 파도처럼
바다에 닿지도 못하고
표면에 말라 얼룩만 남으니
헛발질 사연 누가 알까

그들처럼

가던 길 멈추고
나무로 서고 싶다
허둥대며 떠날 일 없으니
운명의 자리에서
한 세상 바라보고 싶다
부동의 덩어리로 가득 찬 세상
인간만이 퍼덕인다
헛된 욕망 없이
주어진 자리에 영혼을 꽂아
서로 마주 보며 살고 싶다

허무

시간을 움켜쥔 기억들이
마음 기어간 자리마다
끝내 오지 않을 행복이라면
오늘 감내할 목격일 뿐이네

기꺼이 고통을 바치고도
삶을 지배할 수 없다면
세월을 빼앗기고 얻은 지혜가
더없이 부질없는 굴절일 뿐이네

그림자로 살고 싶다

저 사랑스런 것들이
끝도 없는 사막을 걷는다
바라보는 일에
인내의 그늘마저 밑천이 드러나
도망치듯 육신을 버리고
이젠 그림자로 살고 싶다
두께를 버리고 납작해져
햇살 아래 검은 덩어리로 구르다
숱한 찔림에 온몸이 찢겨도
고통은 이미 없을 테니
그늘에 숨고
어둠에 숨어
경계 없이 서서히 잠식되어
존재를 잃어버린다 해도
이젠 무거워진 몸 던져버리고
아무 형태도 담을 수 없는
그림자로 살고 싶다

은둔

어두워진 세상
펜을 꺾고 숨어도
심중 몰골이 궁곤하니 초라해
삶은 죽음의 무성한 그늘 같아
예고 없이 튀어나온 불행처럼
의지와 상관없이 굳어진 침묵
오락가락 고통을 실어 나르며
수축된 마음 펴기까지
관조하듯 활자를 집어삼켜도
휘청이는 마음 부축할 길 없네

언론 유린

거짓을 겨냥하고
은닉을 즐기던
저열한 혀의 관용은
얼룩진 심장에 환멸을 죽여
밥 먹듯 오물을 삼키니
십중팔구 악취뿐인 말뭉치
부패한 가망 없는 토악질

phono sapiens(포노 사피엔스)

책의 무게를 버리고
데이터를 움켜쥔 손끝이 두렵다
빠르고 유연한 감각
소리 없이 기생하여 잠식하니
본질의 감옥에서 벗어나
마땅한 요구의 전망을 삼킨다
공평하고 투명한 정보의 유토피아
세상의 빛을 초월한다

전류의 맥박을 느끼며
부유물을 잔뜩 끌어안고
시각으로부터 정지한 듯 파묻혀
충성을 바치는 달콤한 시간
일상을 헐값에 팔아치우고
귀 밖으로 넘치는 이명에 시달려도
기계 속 세상을 배회하는 중독자

나를 피해
오늘도 쳇바퀴를 굴리며
실체를 잊은 그림자 되어
기억의 두께를 깎는다

어떤 날

마냥 늘어진 일상
바다처럼 잔잔하다
바닥으로 흘러내린 그림자를 보며
쏟아지는 지루함에
말라빠진 영혼의 무게를 잰다
세상 밖 풍경은 고요하고 선명하다
우울한 몽상가의 순간이
고독과 환상을 뒤지는 일이라면
호기심에 혐의를 씌우고
확증을 기다리는 침묵의 고통인가
하루가 죽어가는 것들의 세상인 걸
신기루 같은 생이건만
기쁨은 왜 이리 더디단 말인가

어떤 기도(disease)

저 우주의 시간을 마주하며
질병의 구속에 뒤엉킨 현실이
고통의 가면은 아닐까 하는 소망
애꿎은 시간을 탓하며 구걸한다
형태로 만져지지 않는 것들이
악의 징후로 비열하고 거침없어
기어코 다가와 몸속을 쑤셔놓고
고통을 도모하는 추악한 욕망
생의 발랄함에 달라붙어
정신과 육체의 뼈대를 발라낸다

오늘도 마음이 걷는다
차가운 바람 속으로
마른 나무 사이로
아름다운 세상 속으로
끝내 이겨내고 살아남아
허세 가득한 널 애도하리라

삶의 고백

고통을 겪어보지 않은 자
살았다 말할 수 있을까
산다는 건
애초 내 것은 없다
가족도
친구도
세상도
잠깐 가졌다 놓치는 신기루
사막을 걷는 동안
고통을 불사르며
달빛에 뜯어보는 아름다움
오직 없음을 위한 고백

죽음

생이여
열렬한 환희로 왔던가
혼돈의 운명을 더듬는 냉혹함
삶 속에 깃든 비극이여
속절없는 반발과 행복의 연속
심적 마취의 세월이여
시간 속을 걸어 나와
싹 틔운 곳에 숨을 묻고
그림자를 지우네

독선

내 것이 좋다
버리는 상실감 없이
원하면 바로 내 것이 되고
잔뜩 껴안을수록 강해져
주변은 없고 자신뿐이다

소유는 무거운 욕망인 것을
타협을 모르고
상실을 거부하는 중독
애도 깃든 오만이다
자기 파괴의 용기도
긍정의 말과 행동도
함께하는 가벼움의 즐거움인 것을

더딘 희망

세상이 어수선하여 상념이 이는 것을
모르는 체 던져두려니 마음이 자꾸 벗겨져 아프네
진실을 왜곡하고 희망을 부수는 파괴의 날들
오늘의 적의는
힘들여 얻은 고요를 유린하는 앎의 의도된 증오
더딘 희망을 보는 잔인한 목격이다

넋두리

한 줌 알량한 지식을 풀어헤쳐
냉혹한 현실 무거운 짐 짊어지고
마음 얼어붙어 금 가고 부서져도
절망에 저항하고
희망에 목숨 거는
심적 진실만 좇고 있는가

학습된 나약한 의지를 무기로
현실의 결핍과 부재를 유인해
가슴속 언어를 이으며
정신적 고취를 갈망하지만
온통 눈물뿐인 발돋움의 흔적뿐
가망 없는 일에 사력을 바치네

오로지(only)

외곬의 편협함을 부추겨
세상의 우월에 둔감하고 싶다
마음은 이미 유순하니
욕망에 변질되거나
추앙을 소원하지 않는다
마음 귀퉁이 어디쯤
날마다 영혼의 푸른 싹이 돋아나
힘든 이의 가슴에 꽂힐 표상의 언어로
삶의 역설이 찾아와 주길
오로지
언어의 승천을 희구할 뿐이다

시인의 봄

겹겹 무명의 빛 지우고
천년 묵언 늘어진 혀끝에
얼음의 언어 무게를 내려놓네
어둠이 뱉어낸 수북한 언어
껍질을 탈피하며
대지의 심장을 뚫고 일어서네
햇살 따라 이리저리 뼈대 없이 휘어도
뜨거운 숨결 제 몸 익혀 피운 꽃
품었던 향기 발꿈치를 좇아
빈속 채우며 번지는 율동
봄이 온통 꽃이네

절대 고독

지친 마음이
드높은 자유를 잃어버리고
바닥을 기는 어둠에 익어
나에게서
나에게로
자신과 직면하는 끔찍함
고립으로 응축된 이 작열함을
어찌 밟고 지나가나

은닉

넌 햇살을 볼 수 없어
어둠을 택하고 형태를 잃었지
달콤한 설렘 꿈인 듯 일렁여도
어둠 속 미련한 허상인 걸
빛의 당연함에 납작 엎드려
두 눈은 흔들리고
심장은 귀에 붙어
번뇌는 두려움에 떨리지
어둠을 벗어날 수 없어
햇살을 보는 순간 티끌은 드러나고
발가벗겨 추잡한 얼룩만 남지

고흐가 되어

눈과 귀가 바라는 대로
토막 난 시간을 채우는 망각의 숲
헛손질이면 어떤가
시간은 미련 없이 지나고
다가옴은 바람 같아
이제 모든 걸 버렸으니
미친 고흐가 되어
종일 맘에 덧칠하길

흙 감상

땅속 내공 어찌 다 말할까
이념도 관념도 초월한 그윽함
따스한 내면의 헌신
나무도
집도
벌레도
인간도
땅거죽 위에 섰구나
모든 생명의 우주
살아서
죽어서
벗어날 수 없게
무념무상 침묵으로
씨앗을
육신을
파종하네

누구의 영혼인가
누구의 분신인가
푸르게 일어서는 발자국

시련

안달에 닳고 닳아
진땀으로 얼룩진 시간
콩 튀기듯 벌떡이는 심장으로
무례한 시간을 마주하네
마음은 바닥까지 거칠어져
아무것도 볼 수 없음에
얇아진 심장을 꺼내놓고
삶의 유연함에 기도하네

눈이 내리네

쉼 없는 유연한 발걸음
계절을 매복하고
종일 소리를 삼키네

바퀴들이 멈춘 거리
길은 이미 사라지고
누운 그림자 간 곳 없네

지향 없이 나선 눈빛
매몰된 것들이 경계를 허물어
지척 분간할 수 없는 곳으로 미끄러져
발자국 없이 길 떠나네

시인의 하루

굶주린 영혼은 쓸데없이 공허하고 고달파서
지나간 날들을 소용없는 투쟁에 끌어모으며
애매한 말들로 미혹하네
아름다운 흔적 찾아 날마다 떠나는 충동
줄어들지 않는 허무와 슬픔이
끝없이 긴 동시에 너무 짧아
변형을 즐기며 갈등을 지우네
소명 없이 날아드는 즐거움
마음을 해부하고
잡음을 삼키며
감정을 해독하는
부패하지 않는 감각의 은폐
그래도 산 것 같아
살 수 있다

이끼

물 위에서
땅 위로
모서리 없는 생의 촉수
서늘한 그늘 찾아
촘촘히 끌어안고
맨가슴 부풀려 속살 채우니
엎어져 기어도 파랗게 살아나
천년을 거뜬히 버티며 걸었네
기왓장 위에서
담장 옆에서
돌계단 틈에서
강바닥 아래서
세상을 건너며 내려다보니
키 작은 설움 없어라
바위로
나무로
굽어지며 나란히 기어오르네

Dark Day

고요한 언덕길 사슴이 객사하고
피다 만 꽃봉오리 목이 꺾였네
저마다 잘린 몸 봄을 하직하고
홀연 눈뜬 자 길 잃은 기러기 신세

졸막졸막한 평온을 내쫓아
길 위 무덤 가득하고
담담히 봄을 맞으려 해도
달빛마저 거뭇해
천신만고 이룬 땅 햇살도 없이
세상을 표랑하는 피난민 되어
천지 참담함이 슬픔으로 가득하니
어찌 온몸으로 살라 하는가

어제의 죄가 고통을 기억하듯
영혼을 덮어 죽음을 겨누는
정의로운 불꽃은 없으리
피 흘린 영혼의 무리가
역사의 페이지에 달라붙어
미래의 시간을 응시하네

테트라포드

인간의 무리에서 멀어져
결코 날 수 없을 때
욕심을 비우며 눈물 배여도
널 보는 건 다짐이 되고
오기는 깃발처럼 솟구친다
엇갈린 네발로 서로 끌어안고
거대한 폭풍을 부수는 짜릿함
고통의 두께는
한낱 파편일 뿐이라고
겁 없이 당찬 포부와 권위
물러터진 속내를 들켜도
시리도록 따끔한 황홀한 설렘
밀쳐둔 나를 부른다

여전히(일본)

뒤에 감춘 것들이
끝내 양심을 버리는구나
눈치도 참회도 없는 무례함
떨리는 눈빛 참말 못하고
거짓을 휘저어 제 허물 감추며
세월에 홀연 묻히길 꿈꾸네
터지고 갈라져 형체도 없건만
무참히 매몰된 고통과 명예를
어찌 밟고 가려 하는가

두 얼굴의 비열함도
망언의 가벼움도
은폐를 고수하는 고질적 지병임에
어둠을 끌고 온 잔인한 역사는
이미 세상에 각인된 지문이다
토할 수 없는 오물을 삼키며
아닌 척 기를 쓰는 낯빛엔
묵형의 그림자 짙어가네

빈말

동굴 같은 입속
뛰쳐나온 혀끝이
허공에 하얗게 풀리네
헛것을 섞어
열고
닫고
공허한 펌프질에
잔뿌리까지 뱉어놓고
목구멍에서 고꾸라지네

멈춤

모든 것이 너무 고요해
이대로의 완벽함이라면
매일 긁어대던
녹슨 영혼의 마찰음도 늘어져
닦달하던 끄트머리 무뎌지고
고민도
대답도
건널 수 없어
나를 소진하는 것들에
때론 눈 감고
시간의 무상함을 느껴야 하네
지치지 않는 삶을 위해

허물

시인은 내적 파열을 꿈꾼다
포용되지 않는 세상에 흥정 당해도
운명이라는 사유와의 대화
그 간헐적 저려옴이
심중 은닉과 그리움이길 소망한다
자애의 정서 밑에 자국을 남기며
허물을 딛고 일어서
극복의 달관을 꿈꾼다

독백

우울과 시련이 길어지니
따스한 낙관자가 되네
애원과 집착을 가슴에 묻고
듬성듬성 만나는 공포를 피해
도망치듯 봄길 걸으니
또 고통이 오네
무상함을 깔고 누우면
우월의 환상도
열등의 확대도
서커스 같아
고독에 항복하면 친구가 되고
고통조차 죽음을 피한 맥박이 되네
넓은 세상은 머릿속을 누비고
분홍빛 흰빛 봄의 무희도
심오한 빛으로 그저 기쁘네
세상 만물 빛 아닌 게 있을까
그 빛 닫히면 죽음이니
깨달음은 결국 굴복이란 걸
이제는 아네

풀(서민)

들판의 풀은 안다
자신을 축소하거나
숨길 여건이 불리하다는 것을
비열한 잔꾀로 파고들어도
그 깊이가 턱없이 얕다는 것을
햇살 바늘 하나 피할 수 없듯
찔리고 밟혀도 노출에 익숙한 삶
세상 구석구석 여백을 메워
푸른 세상 펼치니
키 높은 나무를 동경하지 않는다

시무룩

바람 부니
툭
꽃 떨어지네
난봉꾼 분탕질에
목청 없이 꺾였네
꽃도 죽고
시도 죽고

취하다

미운 놈이 친구던가
꽃놀이 행차에 벚꽃 향 달콤한지
꽃이 술인지
술이 꽃인지
얼근얼근 벌겋게 달아올라
짜릿한 맛에 꼬부라진 혀끝
치기 어린 연정 끝날 줄 모르고
망나니 똘끼 짓 곤죽 되어 자빠지니
시퍼런 하늘에 멍 박혔네

묻다

허공 속 잡동사니에 파묻혀
헐어 뭉개진 비릿한 시간들
뿌옇게 고여도 언젠가 흐르겠지
납덩이처럼 묵직한 통증에 터져 나온 꾸러미들
시선마다 허공을 딛고 섰다
지긋지긋한 익숙함을 밀치며
속도의 시대에 묻는다
다시 태양 속으로 뛰어들 수 있을까

어쩔 수 없네

떠나고
멀어져
발소리 하나 없네
우두 남겨진 게 내 탓은 아니야
한 번도 떠난 적 없으니
마음 적시던 가시밭길 지나
몸속 길든 고독
그리움도 구겨지고
기다림도 삭아
그림자조차 내 몫이 없는 걸
글썽이는 것 모두 모아
허공에 쏟아놓고
내 안에 접힌 날개
어쩔 수 없네

어떤 삶

어려움 없이 흐르는 삶은
모서리 뾰족함을 모르고
찔려본 적 없으니
아픔과 어둠을 모르네
입술 가득 자존심을 담아도
행복은 고립되어 빈약해지는 걸
거짓으로 숨기고 보호한 적 없네
절박한 수레바퀴 아래
부대끼며 자신을 태워도
어질어질한 삶의 감정 거부할 수 없네
기생하다 분해된 잔해들까지도
나를 나이게 하는 보람이기에

편견

건너다 사라지고

건너다 갇히고

어지럽게 건너는 영혼의 갈래여

빛과 어둠의 낯선 징후에

너그러운 심장으로 허락하길

시 생각

무수한 일상의 지배를 피해
존경을 품던 푸른 위상
실낱같던 꿈이 바람의 무게를 느끼네
진창 속 잡초만 무성히 웃자라
바라보는 눈동자엔 군살이 끼고
경례를 두둔하던 서툰 생각
참모습에 선망을 버렸네

어느 날 문득

보냈던 기억이 별안간
살아 움직이는 통증
오랜 설움을 순식간에 뽑아버리고
가슴이 저리다
죽음 앞에 비틀거리던 텅 빈 시간들
기댈 곳 없어 두렵던 날들이
먼 길 걸어와 가슴 두드린다
잊었던 날들을 향한 묵묵한 내면의 후견
눌러둔 슬픔 녹아내리고
숙명처럼 매달린 눈물
말갛게 희석되어 흘러도
기억의 윤회
종일 귓전에 소곤거린다

제목 : 어느 날 문득
시낭송 : 조한직
스마트폰으로 QR 코드를 스캔하면
시낭송을 감상할 수 있습니다

계절을 벗으며

봄비 내리네
고요히 흐르는 감미로운 교향곡
수시로 몸을 바꾸는
저 풍경의 희열
세월 삭히며
마음을 벗네
들판 가득 출렁이는 신선함
모든 색이 다시 태어나고
파릇한 살 냄새 짙어오네

주문

하늘은 푸르고
구름은 저리도 자유롭구나
마음 비워도
채울 수 없음을
시간을 데우던 가슴앓이가
고통을 이겨낸 기쁨으로 빛나건만
솎아내다 잘려 나간 것들이
삭히는 것마다 갈망이라고
팽팽한 물음으로 다시 일어선다
삶이여 슬퍼하지 말라
공허한 영광의 물음인 것을
거룩한 삶의 품값을 어찌 흥정하리
헛된 미련이라도 부디 함께 하길
그 또한 간절한 바람인 것을
삶은 온통 자신을 경험할 뿐인 걸

생각

인간의 소음에 귀가 찔리고
반짝이는 자극에 두 눈 감았네
인간이 세상을 보는지
세상이 인간을 보는지
아름다운 자연의 완벽함이야
닦달할 일 있을까
자연 앞에 한없이 왜소한 인간
존재의 상대적 박탈감에 씁쓸해진 맘
감정의 공유도
마음의 배설도
인간의 무리에서 더 명확한 고독
마음 놓친 채 구할 길 없는 공허
자신의 열기로 변하는 변덕에 질리고
알록달록 내뱉는 말조차 허구가 아닐까
인간의 소란함에 무심히 떨어져 나와
생각에 잠기네

비석

바람이여
긴 침묵에 갇혀 잊으려 했건만
사시사철 썩지 않는 몸으로 서 있네
소리 없는 가슴 한 발짝 나서지도 못하고
숲과 바위에 늘어진 영혼
죽음의 권태가 너무 길어
꿈인 듯 흔적 없는 날들
어쩌다 바람으로 깨어나
산 자의 입속에 이름만 살아있나

인식 1

눈 감으면 왜 공허한가
중심에서 멀어질수록
변두리 쾌쾌한 냄새가 익숙한 것을
어둡고 좁은 길에 버팀목이란 없다
쓸모의 가치를 골라내
종일 삼키고 뱉어내고
속절없이 구차한 생각에
드러남이 민망하지 않기를
목덜미를 빳빳이 세우기까지
마땅히 밑천을 도모해야 하는 것을
파헤쳐야 앎을 얻듯
행함도 용기 있는 자의 의지인 것을

인식 2

뾰족한 주둥이로 내지르는 독설
하늘에 주먹 한 방 날리며
잘근 씹어대는 속내를 이해한다
헛기침에 냅다 쓰러지면 좋으련만
번뜩이는 칼날도 상관없으니
거슬러 오르는 자극이 한사코 내 안에 들어앉아
단단한 길 내어준다

인식 3

온몸에 어둠을 바르고 걷는 수모
무수한 욕으로 피는 검은 꽃
질기고 억센 세상에 끌려가도
차가운 어둠 속 매질도 좋아
시끄럽고 뜨거운 귓전의 소용돌이
남들 살다 간 세상
죽음인들 익숙하지 않을까
독설도
해명도
살아있는 심장의 율동이니
각자 유희로 다시 창조되길

날들의 위로

맑은 영혼으로 태어나 어둠에 익숙하기까지
견디며 깨닫는 무수한 반동이 좋았다
마음이 빈궁하여 시간의 깊이만 헤아렸으니
걸핏하면 고꾸라지는 고통에 거친 광기가 일고
비참하게 쭈그러든 가슴에 치미는 오기가 좋았다
암울한 현실에서 더욱 빛나는 무심의 날들
미소도 때론 희생인 것처럼
희망은 늘 내 것이었다

상처

보태진 입들의 무게는
항시 껍질의 찬란함에 있다
눈으로 진화하는 향기
두께 없이 바람 휘저으며
가볍게 하늘을 날고 있다

표면을 기어다니는 희롱
입체감 없는 의식에 질릴 때
영혼의 폐허를 보는 쓸쓸함
근엄한 언어의 깊이는
은은하게 걸러낸 우아한 광택
놓인 그대로의 가치를 위해
참을성 있게 마주하며
그 함성의 결핍을 본다

뜨거움

또 한 번 계절이 뒤척인다
더욱 당당한 생명의 빛깔로
거침없이 흐드러져 성급하게 도착했다
두둑한 깊이가 그리운 초록의 정념
마주치는 시선마다 사무쳐
다시 펼치는 황홀함
짙어가는 그늘이 보내는 손짓
제 몫을 꿈꾸며 뜨거운 속내로 귀띔한다
형언의 기척마다 뜨거운 갈채를

생일

어김없이 오고야 만다
육신의 탄생을 기념하고
영혼은 또 삶의 마디를 통과한다
기쁨 속 슬픔을 섞어놓고
평생 빛깔을 바꾸며
심오한 뜻을 극복하라 한다
세상이 나를 힘껏 잡아당겼으니
온갖 잡동사니 속에 끼어
삶의 아름다움을 이해하라 한다

창조의 그늘

인간도 자연의 일부이거늘
스스로 별종임을 자초하며
놓인 그대로의 완벽함에
순수를 부수고
획일성을 즐기며
잠재적 표출을 꿈꾸네
높이를 더하는 빌딩
바둑판같은 나열
과시적 조화에 너덜거리는 도취
본연의 자리를 빼앗고
점점 멀어지는 생명이여

그날들

갈리어 멀어진 날들
복잡한 세상에서 허둥대던 미아
주소가 적힌 이름표를 달기까지
온기 사라진 세상 속에서
마른 눈으로 견디며
그리움의 뿌리 곧게 자라
단단한 어른이 되고
툭툭 털고 일어나
삶에 꽃피웠네

죽음은 명확한 필연인 것을
시간은 나날이 녹아내리고
감정에 걸림돌도 점점 사라져
생의 끝자리에 번지는 노을처럼
죽음을 배우며 인생을 성찰하네

나이

지나온 세월은 이미 완전한 것
많은 것을 이룩한 보람이다
낯선 상황을 겪어낸
몸과 영혼의 각인
수많은 인과물을 종식 시켰다
무한한 내면의 계몽
인간의 숲을 지나
자연의 숲이 되는 여정이다

파도

밀려오네
비롯된 시간
불변의 행렬
나이 먹지 않는 영혼이여
멈출 수 없는 질주
극진한 열정의 땀방울은
탕진할 운명의 유혹
이미 패배한 안착인 것을
순간을 살고
미련 없이 부서져도
스스로 일어서는 의지
달리는 파도가 바로 오늘인 걸
삶의 중독에 빠지는 이유

공터에서

율동이 멈춘 세상의 그늘
하얗게 내려앉은 긴 휴식
바라보는 일이 까닭 없이 아득하다
번뇌의 소멸을 위해
굴복의 대가를 치르는 동안
어지럽게 얽힌 출구
눈썹 아래 고인 낙오한 슬픔이
평온한 미래의 시간을 기다리며
생의 욕심을 털고 있다

도전

발바닥 밑에 눌러둔 쓴맛도
땀방울에 찌든 짠맛도
희망의 신호다
보이는 것 모두 네 것이니
도전 하라
꿈이 걸어온다

빗소리에

어제와 같은 오늘이건만
눈에 비친 모든 것이 서글프다
툭툭 심장 건드리는 소리
안간힘에도 버려진 원망들이 모여든다
꺾어진 시간의 웅성거림
빗소리에 부서지고
내미는 마음마다 자신을 부정하던
현실의 삶을 생각한다
무너짐의 넋이여
빛의 자리에 두고 온 갈망
여전히 건재하길
흔들림이 사라진 벌판에
참아낸 발자국 가득하길

비

너는 눈물마저 지우는
빛깔 없이 꽂히는 물기둥
휙 선을 긋고
머릴 처박는 목숨
쌓아도 쌓이지 않고
짓이겨도 짓이겨지지 않는
말갛고 촉촉한 숨
바닥을 떠돌다 바닥에서 사라지고
홀연히 왔다 훌쩍 가버리는
버리다 가는 생의 얼굴

장맛비

종일 온몸 부수며
제 속 토하는 빗줄기
무작정 지나는 세월 너머
목숨처럼 걸어둔 내 철학에의 묵념
그림자 없는 빗속에서
문득 내 그림자로 만나는 딱딱한 감정의 밀폐
뿔뿔이 흩어져 쓸려가길

어지러이 추락하는 내 눈빛에
가슴에 박힌 영혼의 흔적들
가볍게 떠서 죽지도 않고
바닥을 기는 낮음에의 공허
시든 나를 녹이며
깨달음의 언어
방생을 꿈꾸네

미련

마음이 다 하여 돌아서면
나날이 멀어지네
볼모의 길 위 태양 아래
우두커니 서서 녹아내려도
심중에 박힌 가시 여전히 푸르러
먼 산 붙잡고 세월 부르네
날 저물어도 썩지 않는 시간
가고
오지 않는 그날

거짓말

소리를 가진 부리가
허튼 말로 쪼아댈 때
지저귀는 입가에 고인
진실의 공허를 본다
겹겹 쌓인 목소리의 욕망
거창한 포장으로 숨긴 영혼은
잠들면 사라지는 시간처럼
낯선 어둠 속 유랑인 걸
두꺼운 의심이 말하네
따끔거리는 가슴과
속웃음의 죄책감을 어찌 하나
너덜너덜 지껄임이 지나간 뒤
본질은 더욱 두드러지는 걸

땡볕 아래

성난 태양 아래 욱신거리는 하루
쏟아지는 땀방울 등 뒤에 묻고
아득아득 현기증 서럽다
잇몸 드러낸 웃음이
귀퉁이마다 녹아내리고
까맣게 타들어가
짓무른 눈물 밥 먹는다

벌겋게 익은 하루
어지러이 추락하면
어둠 그늘에 소금기 녹이며
집 찾아드는 무거운 발걸음
온몸으로 건진 밥그릇 무섭다
내일도 핏발로 일어서는 삶이여

시인 노릇

저항은 없다
야유와 질타의 소나기는
유토피아를 위한 고생
그저 즐길 뿐
모든 가치는 맘속에 있으니

자기과시에 익숙한 세상
그 열등감으로
타인의 승인을 기다리는 열망
속임수에 능숙한 마술처럼
휘몰아치는 내면을 펼쳐놓고
눈의 인식을 강요하는 자백
누군가 마음 한 조각 잡아당기길
단단한 땅을 딛고도
푹신한 구름을 밟고 선 기분
잠시 피었다
이내 시들어도
또한 기쁨인 것을

고단

고달픈 삶의 수모는
시퍼런 절망에 웃어준 까닭
뾰족한 고통을 삼켜버린 까닭
세상 돌부리에 얼룩진 눈물도
한낮 그늘에서 썩어버린 시간도
뜬눈으로 보내던 내 안의 숨
마음과 눈을 던져버리고
호된 조바심 떼어버리고
허기져 등 굽어도
개똥같은 고집 더듬어 간다

태풍

불온을 연마한 괴물
저 일념의 광기
미친 토악질로 한사코 머릴 박는구나
순순히 지나갈 리 없지
무슨 한풀이 그리 많은지
자비라곤 없는 육중한 몸짓
성한 곳 없이 할퀴고 쓸어가네
천지 경계 허물던 의기양양한 행패도
고작 패배로 끝날 뿐인데
눈물 삼키며 묵묵히 받아주는 풍경
지나감을 견디는 저 의연한 생명의 진화
부서진 생의 조각들이
한바탕 헛발질에 저항하고
헝클어진 머리통을 씻고 있다
살아있음의 강렬한 인식과
그 온전함을 보증하듯

그렇게 가네

채우다 가네
무수한 갈림길 기나긴 유랑
입속 채우고
배 속 채우고
머릿속 채우며
아우성으로 가네

농간에 적셔지고
농간에 우려내는
목숨에 기침하는 생이여
꽁무니에 불 단 듯
반질하게 닳아도
빈 껍질의 욕망으로
가고 또 가네
죽음 앞에
살아남은 자 없으니

환멸

도취에 젖은 언어의 발화
맘속을 걸어도 맘이 젖지 않고
책 속을 걸어도 글은 말이 없네
모자이크처럼 엉겨 붙은 자기 허영의 노래
유리창을 들여다보듯
담지 못해 투명한 빈 속
객쩍은 맘 스치고
언어 착취가 이런 거지

버텨 내기

저만치 멀어진 세상
산뜻하고 매끄러운 날들은 가고
불가피한 날들이 밀려와
쳇바퀴 속으로 끌어들인다
자유를 꿈꾸는 내면과의 대화는 어림없는 일
옭아맬수록 달아나고 싶다
두 다리를 땅에 박고
잘려나간 맘 돌아오지 않게
뿌연 한숨 내뿜는 안갯속
부질없는 감정 소모에 길 잃지 않고
맘 기울지 않도록
하루의 감정을 저울질한다

물의 재앙

망설임 없이 해치웠다
염치없이 독을 토해놓고
번지는 얼룩마다 기형과 변이
그 추상의 그림을 관람하려 하는가
바다는 읍박질인 채
이제 뒤척이는 일 밖에
속절없이 뒤집히고 꼬여도
가혹한 죽음을 기다릴 뿐
바다는 죄가 없다
심장을 벗겨놓은 저놈들
해독할 길 없는 만행에
실체를 관통하는 악몽만 있을 뿐이다

낙엽

바스락대던 쉰 울음
한 줄기 바람에 미련 없이 뱉어지고
겹겹 누워 뒤척일 때마다
커피 향 지천으로 번지네
세월이 보내는 무언의 손짓
내밀한 속내 모를 리 없건만
생기 있는 모든 것이 바스락거릴 때
사라짐이 뼛속까지 묵묵해
팔랑거리며 떨어지는
생의 마지막 몸짓은
세월 건너는 그리움이었음을

비 감상

무수한 추락의 꼿꼿함
빈 허공을 걷는
자기 잠식의 어둠이
바닥없는 무저갱에 빠져 드네
삶의 정면을 뚫으며
숨 넘어가던 작열의 세월
수많은 구토 빗물에 흘려보내던
강함의 얼굴이 두려움이었나
매 순간 스미는 흔들림에
이젠 마른하늘 잊고
저 빗소리에 묻혀
함께 미끄러지다 사라지고 싶네

먼 고향

별은 이제 너무 멀리 있네
도시를 품고 부화하고 싶었지
장승처럼 버티고 선 우람한 빌딩 숲
날마다 숨죽이며 미끄러져 나뒹굴어도
게걸스럽게 끌어모았지
손끝 짜릿한 미련한 자랑
보잘것없고 시시한 것들에
우쭐거리며 발끝 세우다
헛것을 안은 애석한 세월
멀리 두고 온 파릇한 숨소리
몸속 배인 풍경을 뒤로하고
미로처럼 구부러진 골목길 잊을까봐
가슴은 날마다 추억 속을 서성이네

회상

해묵은 일기장 속엔
식어버린 날들 희미한 귀퉁이마다
마음 그리던 풍경들 가득하다
허허벌판 홀로 서서
푸른 삶 응시하던 중얼거림
가시 박힌 줄도 모르고 괴롭히던 통증
얼룩진 상처 꾹꾹 눌러 닦던
삶의 표면이 돌기로 가득하다

꿋꿋이 살아온 삶의 조각들
미처 발라내지 못한 가시
한 번씩 맘 찌르고
안간힘 사이로 스치는 눈물이
가슴 빼근히 미어져도
시간을 지닌 언어 여전히 살아
온몸으로 그날 기억한다

침묵 속 상처

부족하면 부족해서 아프다
넘치면 넘쳐서 공허하다
채우고 싶지 않은 것도 있으리
가끔 몸뚱어리 살점조차 공허하다
죽으면 뼈 위에서 사라질 덤인 걸
사사로운 욕심을 꺾고 무심히 웃어보면
사는 일은
버릴수록 살만하다

독설

날카로운 이빨에 피 엉긴다
거친 생각이 으깨놓은 흔적
모진 냉소에
인간은 또 각을 만든다
물방울 튀듯 사방으로 날아가
솟아오르다 뿌리내려
거짓 같은 평온
위선의 배후에 숨어 있다

미움의 이면

미움도 사랑이다
사랑이 넘치면 미움 되고
어느새 무엄한 가시 돋는다
찌르는 쾌감에 기쁨을 얻어도
세련되지 못한 집념인 걸
값싼 영웅적 참견의 오지랖
눈 속에 못을 지니고
미운털을 박는 비정
부족한 자기애의 겁인 줄도 모르고
불편한 감정에 휘둘리다
스스로를 고문하는 패배의 쓴맛
고단한 콤플렉스를 지우려
맑고 고요한 영혼에 푸념한다

중환자실

준엄한 하루가 아직 여기 있네
가까스로 잡은 눈시울의 축복
깜빡이는 눈빛 허공에 매달고
결박당한 연명 누렇게 부풀어도
돈 없인 아픔조차 허락되지 않는 사막
기꺼이 발아래 조아려
무례한 누림의 여력일지라도
그리운 얼굴들 이유가 되고
뜨거운 심호흡의 약속은
버릴 수 없는 사연의 눈물
식어가는 심장을 데우며
시간을 걷는 기억의 숨소리들

생각의 노예

제풀에 꺾인 실속 없는 번민
피붙이 마냥 삶 속에 끌어들여
현실과 유리된 허망함에 빠지네
낡고 무기력한 제조된 절규
뻔한 일상의 무게를 벗어나
격이 다른 가치를 꿈꾸며
그렇게 또 다른 길을 헤매네
일상의 작은 실천과 깨달음이
비범한 삶의 열쇠인 줄 모르고

또 겨울

시린 계절이 오고
차가워진 맘 끝에
꾸덕꾸덕 슬픔이 괸다
온몸에 얼음 박혀도
운명을 안고 살아내는 영혼
거친 숨결 아름답다

가벼움의 고통

낮간지러운 허세의 화려함이
영혼 없이 펄럭이는 세상
열매 없는 가지가 고갤 높이 치켜들 듯
애처로운 치장의 반짝임은
충실하지 못해 뒤집어쓴 거죽
마음의 두께도 속과 겉이 다른지

돌아보다

무얼 찾고 싶었나
돌아오지 않는 시간의 흔적
삶은 어차피 충돌의 연속인 걸
기억의 파문을 가라앉히고 나서야
지나감이 얼마나 냉정한가

고요한 직선을 파괴하듯
삶을 부수던 의욕
널브러진 잔해들 사이로
갸륵한 슬픔이 번지고
시련의 분노를 삼키던 감정이
아픈 선동적 오류로 꽂혀 있다

날카롭고 잔인한 세월
심장을 벌려 서러움을 쏟아내고
맨몸 일으켜 걷는 오늘
냉정한 현실 앞에
무너짐은 또 얼마나 당연한 일인가

목청

목청의 시대가 오고
소통 없는 그들만의 리그 냉랭하다
가슴을 뒤에 두고 무얼 할 수 있을까
간과 쓸개를 뽑아치우고
위선과 허세로 칠갑된 말뭉치들
누구를 위한 목청인가
지친 민심 생사를 묻고
삶의 냉기 맨몸으로 버틴다
흐물흐물 벗겨질 혓바닥의 농간
종종걸음의 추악한 진저리가
역사의 발끝에 아귀처럼 각축한다

비 내리네 2

온종일 비 내리네
발자국도 없이
헝클어진 대지 빗질하며
곱게도 내리네
머물 수 없는 천형의 발길
말없이 눈을 씻고
기억을 엮으며
어디로 가는지

응시

고고한 척 흐르는 난세
마음 끝을 구부려
어둠에 눈을 달고
뒷길을 분주히 오가니
또 욕심이다
세상을 우습게 보는 짤막한 인습의 죄
자신을 잡도리하지 않고
비굴한 탐욕에 갇힌 비루한 자들
양끝으로 멀어져 핏발 선 벌건 눈빛
힘의 우월만 난무하고
지조와 절개는 어디 있나

우정

인연도 까닭이라
흐뭇한 미소 번진다
맑고 투명한 날들의 잔상
기억의 모퉁이에 모여들어
변함없는 지지와 옹호로
삶을 해독하는 유쾌한 만남
잠시 걸음을 멈추고
시선 앞에 서로를 꺼내놓으며
수다 속에 터지는 웃음소리
쉬 삭지 않는 아름다움이
밤늦도록 해묵은 정 나눈다

자살

막다른 절망의 끝에서
우연일 수 없는 오늘
견딜 수 없는 하중에 눈을 부릅뜨고
자신과 직면하는 무서움
윤리적 패배를 가슴에 안고
자신의 영혼을 절단하는 고통

지성의 달콤한 오만은
영원한 해방을 갈구하지만
세상의 역습일지라도
심장을 길들여 단단히 버티며
죽음보다 잔인한 정신을 이겨야
영원히 살 수 있다
영원히 죽을 수 있다

어둠이 내리면

종일 햇살을 끌어당기며
쉬지 않고 움직이던 수다스런 하루
그림자로 굴러다니던 어둠이
매끈한 감촉으로 다가와
사물을 허물고 기억을 지우네
빛을 삼키고 공평해지는 신비
어둠에 둘러싸여
소실된 시야가 표류하고
마음 언저리 부스럭거리네

첫눈

나를 끌어들인 모든 것에
하얀빛 떨어진다
생명은 어디 두고
온기 없는 차가운 몸
바닥에서 사라지나
갈증뿐인 마른 길 헤매지 말고
나뭇가지 한 송이 꽃으로 피어라
소리 없는 가슴 아련한 눈빛도
어쩔 수 없는 하는 밑 슬픔
잠시 살다 가도
다시 피는 새싹처럼 숨결 돋아나길

주름살

풍상고초 쓰린 바람에
줄 접힌 얼굴 세월을 본다
내면의 돌기 닮아 흐물거리고
홍안의 자랑 어디 갔는지
겹겹 얽혀 들끓는 물결
세월 빠져나간 빈껍데기가
차곡차곡 줄을 긋는다

밭고랑 닮은 무한한 고독아
깊이 팬 주름 눈물 자국 같아
삶의 땟자국 몹쓸 흔적이
나를 갉아먹던 진짜배기 삶인 걸
엉큼스레 잔인한 세월도
애틋한 생의 표증
쭈글쭈글 구겨진 구차한 이력
포개진 낱장의 고생
사랑한다 인생아

유세

입 위에 올라선 자들이
모범의 괴로움도 없이
모욕 줍기에 바쁘다
떼 지어 이리저리 어른거리며
분간 못 할 얼굴에 미소 짓고 손 내민다
까만 눈동자 주둥이로 파묻고
제비 뽑혀 솟아오르면
희롱하듯 곧추앉아 눈 내리깔고
늘어진 귀 풍악을 담는다
삭정이 놀음에 허무한 역사
잡초에 발목 걸려 자빠질 날 있으니
덕 잃은 생명 독 되지 말고
주머니를 비우고 심장을 채워라

봄

황량한 공간 속에서
맨몸의 서러움 견디며
얼음을 뚫고 피는
의욕의 파릇함이여

시린 하늘 우러러
시간을 삭히던 뜨거운 숨결
묵은 것들을 헤집고
다시 살아서 오는
위대한 생의 팽창이여

헤아림

지천에 꽃 피었다
햇살 붙잡고 바람에 올라타
솟구침이 마냥 겨운 봄날
생떼 같은 지금 만발이 눈물겹다
무성한 침묵의 꽃들이여
만물의 생사 무슨 의미인가
날마다 하루가 태어나고
하루가 눈앞에서 죽는 걸
한동안 만발하다 제 몸 녹여 스러질
그늘 밑 입 벌린 무덤인 줄 모르고
무더기무더기 발목 묻고 서 있다
까닭 없이 사는 허 몸뚱이가
때론 어리석은 허덕임 같아도
무심의 심지로 버티는 태연함은
흐르다 사라질 인생쯤 아랑곳없다

중환자실 앞에서

그렇게 누군가 떠나는 날엔
시퍼런 하늘에 눈을 박고
종일 귓전에 바람 인다
끊어져 오지 않는 인연들
누군가는 죽고
나는 살아
바람도
하늘도
딱딱하게 떨어져 누울 때
두 눈 감고 맥박 소리 듣는다
온몸 뜨겁게 번지는 노을
두 주먹엔 불끈 삶이 고이고
귓속을 울리는 숨소리의 승배
지칠 리 없다
절망은 또 얼마나 멋진 기적인가
영혼의 뼈마디가 쑤셔도
고통조차 희망의 시작이니
아직 멀쩡한 내일이 있어
생눈 부릅뜨고
구속 없는 희망 종일 우려낸다

유실

젊음이 좋았다
고통은 번뜩이는 광기에 힘이 났었지
심지같이 빳빳한 자존을 바닥에 깔고
어떤 불의도 용납할 수 없었지
이젠
광기도
불의도
자존도
심중에 집을 짓고
내공에 힘을 빌려
세월에 기대는
침묵의 삶을 살고 있나
부디 영혼이여

버려진 시

발목을 잃어버린 단단한 몸뚱어리
어느 언덕에 잡초로 서 있나
사력을 다한 마음의 명함
식어버린 심장으로 엎드려
장대한 환상 흙먼지에 덮여도
직립의 이파리를 꿈꾼다

바퀴

굽어진 몸 눕혔다 세웠다
온종일 바닥을 구르며 맘 싣고 간다
긁힌 상처 아랑곳없이
덜컹거리며 나란히 걷는다
지상의 종점 어딘지 몰라도
닳아 빤질거리는 머릴 처박으며
둥글게 돌고 도는 침묵의 길
누구의 발이 되어 천지를 헤매도
실은 짐 가득 오롯이 내 몫이니
비명 없이 걷는 고독한 천형
어지러운 길 마다하지 않고
말라붙은 입술로 함께 오르다
충혈된 눈으로 멈춰 서는 날
갈 곳 없는 목숨 쉬어나 보자꾸나

생각의 오류

저마다 역사를 쓴다
허세의 환영을 걸어놓고
속내를 감춘 위선의 갈망으로
마음 비틀어 손 흔들며 미소 짓는다
신통하게도 그 기백은 먹힌다
주술적 행위가 삶을 번역하는 시대
휘어진 세상에서
뒤척이는 고생만 덕지덕지 붙어
익숙한 그을음에 별들이 죽고
어두운 골목길 더듬는 지독한 운명
언제 허물을 벗으려 나

우리의 여름 (밭에서)

뜨거운 한철 늘어진 너도
등줄기 소금꽃 가득한 나도
땅 붙잡고 맘 내려놓으니
두렵지 않은 참선의 여름
눈물자국에 여무는 속내를
내 어찌 모른 척할까
종일 마주 보며 발갛게 익어
아린 속 뜨거움에 눌어붙어도
육탈의 보시 빛깔로 고백하니
우리의 여름 그립게 깊어진다

유월 자화상

붉은 꽃 피었다
뜨겁게 타오른 유월의 영혼
심장 터트려 다시 왔는가
푹 파인 상처 붉게 물들여
눈물로 바친 수많은 발목
다시 피어 무얼 보는가

하늘엔 먹구름 가득한데
엎어진 정의의 명함들이
부끄럼 없이 세상을 들썩이고
버리지 못한 욕망의 전쟁
여전히 미친 듯 흘러간다

우울한 얼굴 분노의 입술로
쓸쓸히 반항하는 오늘
오지 않는 새벽의 여명
상실의 냉혹한 분열은
쓸쓸한 목숨의 핏자국을 잊었다

생쥐들의 요란한 합창 소리는
저열한 금빛에 찌든 탐욕
유월의 영혼 앞에 부끄럽지 않은가

그늘의 비상

장계숙 제2시집

2024년 10월 8일 초판 1쇄
2024년 10월 10일 발행
지 은 이 : 장계숙
펴 낸 이 : 김락호
디자인 편집 : 이은희
기 획 : 시사랑음악사랑
연 락 처 : 1899-1341
홈페이지 주소 : www.poemmusic.net
E-Mail : poemarts@hanmail.net

정가 : 10,000원
ISBN : 979-11-6284-557-8